ジブリの食卓

魔女の宅急便

監修 スタジオジブリ

編者 主婦の友社

はじめに

キキとジジが住むことになった

グーチョキパン店の朝は、

パンの焼けるいいにおいで始まります。

店先にならぶパンは、どれもふっくらおいしそう！

青い屋根のおうちのおばあさんが焼く

ニシンとかぼちゃの包み焼きや、

かぜをひいたキキにおソノさんが作ってくれたミルクがゆ。

「魔女の宅急便」には、

食べる人のことを思って作られた

料理がたくさん登場しますね。

おいしい料理はきっとみんなに笑顔を運んでくれるはず。

「魔女の宅急便」に出てくる料理を、

おうちで作ってみませんか？

作品の世界からイメージした

オリジナルレシピもしょうかいします。

料理をする
ときの約束

包丁で手を切ったり、熱いものでやけどをしたりしないように注意しましょう。とくにオーブンで焼いたものは、とても熱くなっています。取り出すときには、容器や天板に直接さわらないようにしましょう。初めて使う道具があるときは、大人にそばにいてもらうと安心です。

■ レシピの目安 ■
● 小さじ1は5ml、大さじ1は15mlです。
● 電子レンジの加熱時間は「600W」の場合の目安です。
● 電子レンジで温めるときは、陶器や耐熱ガラスなどの容器を使いましょう。

■ マークの見方 ■
レシピにはレベルマークがついています。かんたんなものから挑戦して、料理のうでを上げていきましょう。

かんたん

ふつう

むずかしい

目次

物語に出てくる人々

キキ

13歳の魔女。使える魔法は、ほうきに乗って空を飛ぶことだけ。一人前の魔女になるため、ふるさとの町をはなれて修業に出かける。

ジジ

生まれたときからキキといっしょに育った、13歳のおすねこ。キキと話すことができる。

オギノ

コキリ

キキのお父さんとお母さん。お母さんは魔女で、空を飛ぶほかにも魔法で薬を作ることができる。

ウルスラ

森の小屋で、ひとりで絵をかいてくらしている。

おソノさん

キキが住むことになったグーチョキパン店のおかみさん。もうすぐ赤ちゃんが生まれる。

トンボ

空を飛ぶことを夢みている男の子。グーチョキパン店の近所に住んでいる。

パン屋の亭主

グーチョキパン店のパンを作る、パン職人。おソノさんの夫。

青い屋根の家のおばあさん

キキにおとどけものをたのむ、料理じょうずでやさしいおばあさん。

バーサ

おばあさんの家で働いているお手伝いさん。ぼうけんが好き。

海の見える町へ キキの旅立ち

「……今夕は西北西の風、風力は3、晴れ。すばらしい満月の夜になるでしょう」

野原に寝ころび、ラジオから流れる天気予報を聞いている少女。すっくと立ち上がると、家へと走りだしました。

「ジジ、今夜に決めたわ！　出発よ」

少女は、家に着くなり玄関脇に寝ていた黒ねこのジジに声をかけます。

少女の名前はキキ。**13歳の魔女**です。魔女になる子は、13歳になったら家を出て、知らない町で修業をするしきたりです。今夜をその日と決めたキキは、急いで荷づくりを始めました。

「黒ねこに黒服で、まっ黒くろだわ」

お母さんが用意してくれた魔女の服に着がえながら、キキはちょっぴり不満そう。お母さんは「そんなに形にこだわらないの。**大切なのは心よ**」とたしなめます。

「そしていつも笑顔をわすれずにね」とも。

さあ、すっかりじゅんびができました。空には大きな満月がかがやいています。大好きなお父さん、お母さん、おおぜいの人に見守られて、ほうきにまたがったキキ。ゆっくりうかび上がったほうきをひと

たたきしたその瞬間、ぶわっと空へまい上がりました。**めざすは南、海の見えるほう**です。

いくつもの町をこえて飛んでいると、同じようにほうきで空を飛ぶ魔女に出会いました。もうすぐ修業を終えるというその魔女は、うらないという特技をもっているといいます。先ぱい魔女を見送りながら、キキは「特技か……」とつぶやきました。

その日の天気予報は大はずれ。突然いなづまが走ったかと思うと、バケツをひっくり返したような雨がふりだしました。停車中の貨物列車を見つけたキキは、あわてて中へ。雨やどりのつもりが、いつのまにか列車の中でねむってしまいました。

「わあっ！　ジジ、海よ、海！」

一晩中走り続けた列車は、キキたちを海のそばへと運んでいたのです。雨はすっかりやみ、海がキラキラとかがやいています。

初めての海、海の向こうには大きな町。

キキはその町に向かって飛び立ちました。

「見て！ 海にうかぶ町よ」

カラーン、カラーン。時計塔が時を知らせるかねをひびかせています。

「時計塔よ。わたし、こんな町に住みたかったの」とキキは声をはずませました。

高い建物がならび、道路にはひっきりなしに車が行きかっています。

「ちょっと大きすぎるよ、この町」

ジジの心配をよそに、キキは元気いっぱいです。頭上を飛ぶ魔女のすがたを、町の人はものめずらしそうに見上げています。

「笑顔よ、第一印象を大事にしなきゃ」

にっこりわらって優雅に飛ぶはずが……、あわやバスと正面衝突！　道路に飛び出したキキにぶつかりそうになって、あっちの車もこっちのタクシーも急ブレーキ！道路はたちまち大こんらんです。

なんとか町角に降り立ったキキ。町の人は一瞬キキに目をとめましたが、すぐに歩いていってしまいます。そのうえ、おまわりさんがやってきて、こっぴどく注意されてしまいました。町中を飛び回るなんて非常識だというのです。魔女は飛ぶものなのに……。

おまわりさんに住所と名前を聞かれてこまっていると、「ドロボー！ ドロボー！」という声。おまわりさんが声のするほうへ走っていったすきに、キキはそっとにげ出しました。

口をキュッと結んで歩くキキに、自転車に乗った男の子が声をかけてきました。

「ねぇ、うまくいっただろう？ ドロボーって言ったの、ぼくなんだぜ。きみ、魔女だろう？ 飛んでるところを見たんだよ」

けわしい顔つきのキキにかまわず、トンボという名の男の子は話し続けます。キキはムッとして言い返しました。

「助けてくれてありがとう。でもあなたに助けてって言ったおぼえはないわ。それにきちんと紹介もされてないのに、女性に声をかけるなんて失礼よ！」

トンボをふりきるように、キキは空へまい上がったのでした。

日がくれようとしています。一日中歩き回っても、今夜の宿すら決まりません。あこがれの海の見える町にやってきたのに……。高台からぼんやりと海をながめていると、「おくさーん、わすれものー！」。大きなおなかの女の人

が、おしゃぶりを片手に走ってきました。坂の上のグーチョキパン店のおかみさんです。赤ちゃん連れのお客さんが、大事なおしゃぶりをわすれてしまったようです。

「あの、わたしでよければとどけましょうか」

キキは、おしゃぶりを預かると、ひとっ飛び。ちょうど泣きだした赤ちゃんに、おしゃぶりをわたすことができました。

おつかいを終えてパン屋にもどると、おかみさんがむかえてくれました。

「おどろいちゃったよ、あんた、空飛べるんだねぇ!」

そして、お礼にコーヒーをごちそうしてくれたのです。

「この町のかたは魔女がお好きではないようですね」

元気のないキキに、パン屋のおかみさん、おソノさんは明るく答えます。

「大きな町だからね、いろんな人がいるさ。でもあたしはあんたが気に入ったよ」

おソノさんはキキに好感をもってくれたようです。

そして、行くあてのないキキたちに、屋根裏部屋をかしてくれたのです。

何年も使っていなかったのでしょう。屋根裏部屋はどこもかしこも粉でまっ白。でも、ベッドもあるし、まどからは海が見えます。

その日の夜、ベッドに入ったキキはラジオを聞きながらつぶやきました。

「わたし、もうちょっとこの町にいるわ。おソノさんのようにわたしのこと気に入ってくれる人がほかにもいるかもしれないもの……」

よく朝、キキが階段を降りていくと、おソノさんとパン職人のご主人がせっせとパンを作っています。焼きたてのパンをならべるのを手伝いながら、キキは新しい仕事の計画を話しました。

「わたし、空を飛ぶしか能がないでしょう? だからおとどけ屋さんはどうかなって……」

「おもしろいよ! 空飛ぶ宅急便ってわけね」

「あたし、こんなおなかだから、あんたがときどき店番やってくれれば……部屋代と電話代なしってのでどう? ついでに朝ごはんもつける!」

キキは目をかがやかせました。

「わたし、うんと働くね! おソノさんっていい人ね!」

グーチョキパン店の
山型食パンと
丸パン

力いっぱいこねて、パン生地がふくらむのをじっくり待って、
やさしくやさしく形をつくったらオーブンへ。
香ばしいにおいに包まれたら、
おなかがぐうっと鳴っちゃうかも。

いろいろなパンがならぶ
グーチョキパン店

食パンやコッペパン、大きな丸パン
など、日々の食事に欠かせないパン
のほかに、甘いパンもあります。

パンの表面をつやつやに！

はけで手ぎわよく卵液をぬっていく
ご主人。あざやかな手つきに、ジジ
もくぎづけです。

まきを燃やして
石がまで焼き上げる

グーチョキパン店では、オーブンで
はなく石がまでパンを焼きます。長
い柄のついた木の板に生地をならべ
た天板をのせ、石がまへ。外はパ
リッと、中はふんわり！

パンの 基本の生地

レベル

材料 （食パン1斤分／丸パン8個分）

強力粉 ・・・400g

ドライイースト ・・・小さじ1と1/2

塩 ・・・小さじ1/2

砂糖、はちみつ ・・・各大さじ1

バター（食塩不使用） ・・・20g

ぬるま湯 ・・・約220ml

打ち粉（強力粉） ・・・適量

じゅんび

● バターは薄切りにする。

2 ぬるま湯にドライイーストを入れてとかし、砂糖とはちみつも加えてまぜる。

3 1に2を加え、手でまぜる。

1 ボウルに強力粉と塩を入れ、スプーンでぐるぐるまぜる。

4 粉っぽさが残っているうちに、バターを加えてまぜ、生地をひとまとめにする。

5

打ち粉をしためん台に移し、手でよくねる。

6

生地がなめらかになるまでよくねり、ひとまとめにする。

7

生地を丸め、うすくバター(分量外)をぬったボウルに入れ、ラップをかけて室温におく。

ふくらんだ！

8

50分ほどおいて、生地が2倍くらいにふくらんだら、一次発酵の完了。

9

打ち粉をしためん台に生地を出し、上からやさしく押さえてガスを抜く。

基本の生地の完成！
食パンも丸パンも
作れるよ

基本の生地を作ったら…

食パンや丸パンのほか、レーズンをねり込んでぶどうパンにしたり、あんこを包んであんパンにしたりも。すぐに焼かない場合は、発酵しすぎないように冷蔵室に入れておきましょう。

山型食パン
やまがたしょく

レベル

3

三つ折りにし、手前からくるくると巻く。もうひとつの生地も同じようにする。

材料	基本の生地 (p.12)・・・全量 卵黄・・・1個分 打ち粉 (強力粉)・・・適量

じゅんび ●食パン型の底にオーブンシートをしき、側面に薄くバター(分量外)をぬる。

4

型に**3**を入れ、ふんわりとラップをかけて50分ほど室温におき、二次発酵させる。

1

ガスを抜いた基本の生地を2つに分けて丸め、ラップをかけて15分くらい休ませる。

5

ときほぐした卵黄をはけで表面にぬって天板にのせ、180度に予熱したオーブンで30分ほど焼く。焼き上がったら型からはずし、あみにのせて冷ます。

2

打ち粉をしためん台にのせて、めん棒で直径23cm くらいにのばす。

丸パン

材料
基本の生地（p.12）・・・全量
卵黄・・・1個分
打ち粉（強力粉）・・・適量

3

オーブンシートをしいた天板に並べ、ラップをかけて20分ほどおき、2次発酵させる。

1

ガスを抜いた基本の生地を8等分する。

4

キッチンバサミでまん中に十文字の切り込みを入れる。

2

生地の切り口を合わせるようにして両手で丸める。

5

ときほぐした卵黄をはけで表面にぬり、180度に予熱したオーブンで12分焼く。焼き上がったら、あみにのせて冷ます。

空飛ぶおとどけ屋さん開店！

　住む場所も仕事も決まりました。さっそく、新生活に必要なものをそろえなければ！　元気に買い物へ出かける途中、色とりどりの服を着た女の子たちとすれちがいました。真っ黒なキキの服とはおおちがい。いせいよく歩きながらも、「もうちょっとステキな服ならよかったのにね」と、キキはぼそっとつぶやきます。

　スーパーで買い物をした帰り道、両手にふくろをかかえたキキは、ショーウィンドウの赤いくつに目がとまりました。でも、キキが気軽に買えるねだんではありません。

　すると、そこへオンボロの車に乗った男の子たちがやってきました。

　「魔女子さーん！」

　手をふっているのは、あの失礼な男の子、トンボです。キキはムカッとして足早にその場を立ち去ったのでした。

　グーチョキパン店にもどると、キキにおとどけものをたのみたいというお客さんが待っていました。

　「これをとどけてほしいんだけど、夕方までにまにあうかしら？　おいの誕生日のプレゼントなんだけど、急に仕事が入って行けなくなっちゃったのよ」

　リボンがかかった鳥かごの中には、**ジジにそっくりな黒ねこのぬいぐるみ**がちょこん。キキははりきって出発しました。記念すべき初仕事です。高く高く、ぐんぐん空へ上ると、地図をたしかめるキキ。

　「あのみさきの向こうだわ、行くわよ！」

　青空を気持ちよく飛んでいると、急に強い風！　キキはほうきごと吹き飛ばされて、空中でくるり。大変、大切なおとどけものが落っこちちゃう……！　急降下して鳥かごをつかんだ次の瞬間、**ドシーーン！**とキキは森につっこんでしまいました。木の枝に引っかかったキキが目をあけると、目の前でカラスがさかんに鳴いていま

す。ふととなりを見ると、そこにはカラスの巣。たまごをねらわれたとかんちがいしたカラスは、怒ってキキをつついて追い出そうとこうげきしてきます。

「ごめんっ、ごめ――ん！」

キキは鳥かごをかかえて飛び立ちました。ほっとしたのもつかの間、ふと鳥かごを見たジジは、**ぬいぐるみが消えている**ことに気がつきました。森のなかに落としてしまったにちがいありません。あわてて引き返そうとするキキに、カラスのむれが向かってきます。

"たまごドロボーがまた来た"と怒っているのです。カラスのこうげきで、キキは森に近づくこともできません。

「日がしずんでから、そっと近づいてさがすしかないね」とジジ。このままでは夕方までにという約束の時間にまにあいません。こうなったら最後の手段！ キキは鳥かごの中にジジを入れると、目的の家へといそぎます。ジジを身がわりにして、そのすきにぬいぐるみをさがしに森へ行く作戦です。

「おばちゃんのプレゼントだ！」

よびりんを鳴らすと、男の子が走り出てきました。男の子のお母さんに受け取りのサインをもらうと、キキはいちもくさんに森へ飛び立ちました。いっぽうのジジは床にころがって、ふるえながら息をひそめてぬいぐるみのふりをしています。「キキ、早く……！」

ジジはたまらず小声でつぶやくのでした。

「こまったわ、このへんのはずなんだけど」

　暗い森の中をさがしまわるキキは、丸太小屋を見つけてハッとしました。まどべになにか……。かけよると、ありました！あのぬいぐるみです。

「ごめんくださーい！」

　小屋の中にはだれもいません。もう一度キキが大きな声をはり上げると、「はーい！　いま、手がはなせないの」と上から声がします。キキがはしごを上ると、そこにはカラスたちを夢中でスケッチをする女の人のすがた。この小屋に住む、絵かきのウルスラです。

「まどのところにあるぬいぐるみの黒ねこ、あたしが落としたものなんです」

　事情を話すと、ウルスラはきもちよくぬいぐるみを返してくれました。でも大変、ぬいぐるみの首がやぶけています。ウルスラは、部屋のかたづけとひきかえに、修理をひきうけてくれたのでした。

　そのころ、ぬいぐるみのふりを続けているジジは男の子の家で冷やあせびっしょり。**大きな犬がのそりのそり**と近づいてきます。ジジはもう生きた心地がしません。犬はジジをペロリとなめると、ジジをしっぽでかくすようにしてすわりこみました。

ウルスラが修理を終えたのは、ほとんど日がくれるころでした。夜空には星がまたたいています。

ぬいぐるみをにぎりしめてジジのもとへと急ぐキキ。家の外で様子をうかがっていると、ジジが来て飛びついてきました。

「あのヒトが助けてくれたんだよ」

ジジが指さす先には、犬のジェフがすわっています。ジジが本物のねこだと気づかれないように、ずっとそばでかかえて守ってくれていたのです。

「ぬいぐるみもとどけてくれるって」

ジェフはキキが差し出したぬいぐるみをくわえると、ゆっくり家へと帰っていきました。

長い長い一日が終わりました。大変だったけど、ステキな一日だった。夜空をゆっくりと飛ぶキキは、ふしぎと満たされた気持ちでいっぱいでした。

グーチョキパン店では、おソノさんとご主人がキキの帰りをいまかいまかと待っています。店先を見ると「**おとどけものいたします キキ**」というパンで作ったリースふう看板。パン職人のご主人が、キキのために作ってくれたのです。感げきしたキキは、ご主人の首にとびついてよろこぶのでした。

ふっくらパンの不思議を探れ!
グルテンとイースト菌ってなに？

パンの生地はこねてしばらくおくと、いつのまにかふくらみます。生地のなかでは何が起こっているの？ パンのヒミツを探ってみましょう。

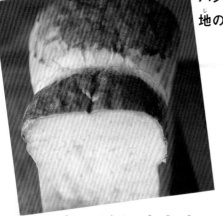

パンがふくらむために必要なモノ

パンの基本の材料は、強力粉、イースト、水と少しの塩です。ベーキングパウダーもふわふわに泡立つ卵も使わないのに、ふっくらふくらむのはなぜでしょう。

そのカギをにぎるのが、小麦粉のたんぱく質・グルテンとイースト菌。そして、ぐるぐる、まぜまぜ、こねこねする力です。3つが合わさると、パンの生地はゆっくり「発酵」を始め、2倍くらいにふくらみます。

パン作りにはコレ

グルテン

小麦粉には、「強力粉」「中力粉」「薄力粉」の3種類があります。ちがいは、小麦のたんぱく質・グルテンの量。パン作りには、グルテンがもっとも多くふくまれる強力粉を使います。

イースト菌

イースト菌は、わたしたちと同じ生き物。目に見えないくらい小さな菌の一種です。イースト菌は、自分の体から芽のようにニョキッと分身を出してふえていきます。

パン生地のなかでは
こんなことが起こっている…！

生地をこねると…

サラサラの粉に水を加えると、ねばねばしてまとまりますね。グルテンに水分を合わせると、「あみ」のようなまくになります。さらに力いっぱいこねると、あみめがこまかくなっていきます。

こね上がった生地のなかでは…

🌀 イースト菌は酸素のない場所では、分身をふやすのをストップ！ 生地のなかの糖分を食べて、炭酸ガスを出すように。この働きを「発酵」といいます。

イースト菌はあたたかい場所で元気に活動するよ！

イースト菌はあたたかいところが大好き。こねた生地はあたたかい部屋のなかにラップをかけておいておきましょう。ただし、時間がたちすぎると、生地がふくらみすぎてしまうので注意！ 一次発酵が終わったら、すぐに形をつくって、少しだけ二次発酵をしたら、オーブンで焼き上げます。

1時間ほどかけて…

ぶくーっ‼

イースト菌が発酵してガスを出すと、そのガスにおされてグルテンのあみがびよーんとのびていきます。1時間ほどで2倍の大きさに！

パーティーのおさそい

「ヒマねぇ……」

店番中に、キキはとっても退屈そう。ちっともおとどけもののお客さんが来ないのです。

「ジジ、このままずーっとお客さんが来なくて、おばあさんになるまで、毎日、毎日、まーいにち、ホットケーキばっかりだったらどうしよう?」

ジジを相手にぼやいていると、電話のベルが鳴りました。おとどけものの依頼です。

キキは受話器を片手に、ペンを走らせます。

そこへひょっこりトンボがやってきました。トンボはクッキーを1枚手にとると、「ください」とにっこり。

「きょう、ぼくらのクラブのパーティーがあるんだ。飛行クラブっていうんだけど、ぜひきみに来てほしいんだよ」

そう言うと、トンボは**リボンのかかった招待状**をさし出しました。

「6時にむかえに来るから、それまでに決

めといてね」

　トンボが店を出ていくと、キキはバタバタと2階へかけ上がりました。

「おソノさーん、どうしよう！　パーティーの招待状、もらっちゃった！」

　着ていくものがないと気にするキキを、おソノさんはニコッとわらってはげまします。

「それ、とってもいいよ。黒は女を美しく見せるんだから」

　とにかくまずは仕事です。さっきもう一つ、大きな荷物をあずかったばかりです。重たい荷物を運んだら、次は電話をくれた青い屋根のおうちへ急ぎます。

　お手伝いさんに案内されて台所に行くと、やさしそうなおばあさんが待っていました。

「かわいい魔女さんだこと。それがねぇ、とどけてもらうはずのお料理がまだ焼けてないのよ。ちっとも**オーブンの温度が上がらないの**」

　孫のためにと腕をふるった"ニシンとかぼちゃの包み焼き"は、あとはもう焼かれるのを待つばかり。

「でもあきらめましょう。孫には電話でやまっとくわ。あなたにはムダ足をさせてしまったわね」

　そう言って、やくそくのお代をはらおう

とするおばあさん。でもお金だけもらうなんて……。電気オーブンのほかに、古いまきのオーブンがあることに気づいたキキは、お手伝いをもうし出ました。

　まきをくべて火をおこしたら、グラタン皿をかまどへ。焼き上がるまでは40分ほど、フルスピードで飛ばせば、18時のパーティーにもまにあうはずです。時計を見ながらお茶を飲んでほっとひと息ついていると、「あの時計10分遅れているのよ」とおばあさん。

　あわててかまどを開けると、パイ生地はこんがり。よく焼けています。急がないとパーティーにまにあいません。キキはパイを入れたかごをかかえて、飛び立ちました。

トンボの買った クッキー

グーチョキパン店のカウンターにおかれている
クッキーは、ドライフルーツ入りがポイント。
ホットケーキミックスを使って、
手軽にさっくり軽い食感のクッキーを作ってみましょう。

レベル

材料（約18枚分）

A ホットケーキミックス
　　・・・150g
　バター（食塩不使用）
　　・・・50g
　グラニュー糖・・・大さじ1
　塩・・・ひとつまみ

B 牛乳・・・25ml
　レーズン・・・大さじ3
　ドライアプリコット
　　・・・5個（1cm角にきざむ）

卵白・・・1個分
グラニュー糖・・・大さじ2

1 バターは1cm角に切り、冷やしておく。ボウルにAを入れ、両手で粉とバターをすり合わせ、バターをこまかくする。

2 Bを加えて手でまぜ、押さえるようにして生地をひとまとめにする。

かごから1枚、ひょいっと取って

お店に入ってきたトンボを見るや、ぷいっと顔をそむけたキキ。地図を広げ、トンボとは目も合わせません。トンボはクッキーのお買い物をきっかけに、キキにパーティーの招待状をわたします。

ください

3

ラップに生地をのせて3cm角、22cm長さくらいに形をととのえ、冷蔵室に入れて1時間ほど休ませる。

4

バットに卵白を入れてほぐし、ラップをはずした3の周りにまんべんなくつけ、グラニュー糖を入れたバットに移して転がし、周りにまぶす。

5

包丁で1cm厚さに切り、オーブンシートをしいた天板にのせ、180度に予熱したオーブンで約15分焼く。

ニシンとかぼちゃの包み焼き

ほっくり甘いかぼちゃのペーストに、
ニシンの塩けとうまみがぴったり！
ニシンの缶詰が手に入らないときは、
ツナやオイルサーディン、
サバの水煮缶でもアレンジできます。

まきのオーブンで
じっくり焼きます

まきをくべて火をおこし、おき火に
なったらグラタン皿を入れて焼き
始めます。お母さんにまきオーブン
の使い方を教わっていたキキは、
テキパキと準備をすすめます。

こんがりとした焼き色が
つけばでき上がり！

時計が遅れていることを知って、あわてて焼き具合をチェックするキ
キとおばあさん。パイ生地はパリッと焼けて、もうしぶんありません。

かごに入れ、
ふたをしたらいざ出発

お手伝いさんが用意してくれ
たかごにグラタン皿を入れた
ら、急いで出発！ かごをこわ
きにかかえ、全速力でおとど
け先に向かいます。

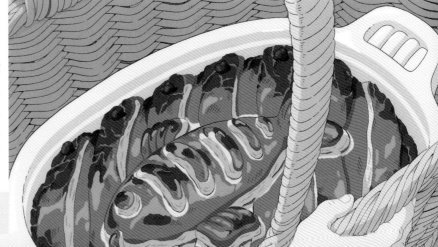

ニシンとかぼちゃの包み焼き

レベル

ニシンのオイル漬け缶・・・1缶

かぼちゃ・・・正味450g

生クリーム・・・150ml

バター・・・20g

玉ねぎ・・・1個

塩、こしょう・・・各少々

オリーブ油・・・大さじ2

冷凍パイシート・・・3枚（数分解凍する）

卵黄・・・1個分

牛乳・・・適量

ブラックオリーブ・・・7粒

生クリームとバターを加えて、つぶしながら
まぜ、塩、こしょうを加える。

1 かぼちゃは種と皮を除いて一口大に切る。
玉ねぎは薄切りにする。

4 耐熱容器にオリーブ油（分量外）をぬり3を
入れ、玉ねぎを広げ、塩、こしょうを振る。

2 かぼちゃを耐熱容器に入れ、ラップをかけ
て電子レンジで約6分加熱する。ボウルに
移し、フォークでつぶす。

5 ニシンは缶詰の油をきってのせ、オリーブ
油を回しかける。

6

パイシート1枚は容
器の大きさに合わせ
てのばし、5にのせ
てふたをする。

7

2枚目のパイシートは魚の形に切り、余っ
た部分でえらや目、口などを作る。

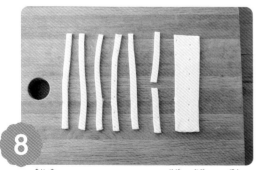

8

3枚目のパイシートは1cm幅の帯を6本と
り、1本は半分の長さに切る。

9

6の表面にはけで牛乳をぬり、8の帯を容
器に対して斜めにのせ、帯にも牛乳をぬる。

10

魚のパーツをのせ、魚の表面と帯にはけで
卵黄をぬる。ブラックオリーブを半分に切
って帯の端にのせる。200度に予熱したオ
ーブンで約30分焼く。

冷たい雨にふられて

　さっきまでのお天気がうそのように、空は**真っ黒な雲**でおおわれています。飛び立つとすぐに大つぶの雨がふりだしました。キキはスカートで"ニシンとかぼちゃの包み焼き"を入れたかごをおおうと、ずぶぬれになるのもかまわず飛び続けました。お料理があたたかいうちに、とどけなきゃ！

　ゴーン、ゴーン……。6時を知らせるかねと同時に、キキはおとどけ先に到着しました。ベルを鳴らすと、出てきたのはピンクのドレスを着た女の子です。ずぶぬれのキキを見てまゆをひそめると、かごを受け取りながらうんざりした様子で「おばあちゃんからまたニシンのパイがとどいたの」と中にいる人に向かって伝えています。

「あたし、このパイ、きらいなのよね」

　バタンと閉められたドアの前で、キキはぼうぜんとしてしまいました。

「パーティー、もうまにあわないね」

　雨のなか、前だけを見て飛び続けるキキは、ジジの言葉にもこたえません。空からパン屋の前でキキを待つトンボのすがたを見つけても、そちらには向かおうとしません。トボトボと階だんを上るキキにおソ

ノさんが声をかけました。

「大変だったわね。あの男の子、ずいぶん待ってたのよ」

「もういいんです、こんななりじゃ行けないもの……」

そう言うなり部屋にかけこんだキキは、頭から毛布をかぶって、ジジにも顔を見せないのでした。

次の日の朝、おソノさんがキキの様子を見に行くと、ベッドに横たわったキキは赤い顔。ひどい熱です。

「わたし、このまま死ぬのかしら……」

弱気なキキの言葉を明るく笑い飛ばしたおソノさん。

「ただのかぜよ、薬を持ってきてあげる。

それに何か食べなきゃダメね」

おソノさんが作ってくれたのは、とろりとあたたかいミルクがゆでした。ジジの分もちゃんとあります。

「かぜのときはこれが一番！」

そして、けさ、トンボがまたお店にやってきたことを教えてくれました。キキが病気だと知って、おみまいに来たがっていたけどどうする？ と聞くおソノさん。キキは「だめ——ッ!!」と返事。

「そう言うと思って、ていちょうにおことわりしといたわ。よく休みなさい、つかれが出たのよ」

おソノさんが部屋をあとにすると、キキはベッドでひとり、ふーっと息をはくのでした。

おソノさんのミルクがゆ

お米からじっくりコトコトたいて、口当たりのよいおかゆに仕上げます。
お砂糖入りでほんのり甘いのがポイントです。

 材料 (1〜2人分)

米・・・100g
牛乳・・・500ml
グラニュー糖・・・大さじ2
塩・・・ふたつまみ
バター・・・10g

1

米は洗い、ざるに上げて水けをきり、なべに入れる。

2

牛乳、グラニュー糖を加えて火にかけ、煮立ったらすぐ弱火にする。

3

ときどきまぜながら、米がやわらかくなるまで30分ほど煮る。

湯気がたつ
とろとろのおかゆと
薬をまくら元に
「つらくてもちょっと食べた
ほうがいいの」とおソノさ
ん。ほかほかのミルクがゆ
はとろりとしていて食べや
すく、栄養も満点です。

ぺろりとなめて熱さにびっくり！
「熱いから気をつけなー」とおソノさんがよ
そってくれたおかゆ。そーっとなめたジジ
でしたが、それでもやっぱり熱かったよう。
全身の毛がさか立ってしまいました。

4
水分が少なくなってきたら、
様子を見ながら水を大さじ２
くらい加えてのばす。

5
米がやわらかくなったら、バター
を加えてまぜ、塩を加えてまぜる。

はじめての友達

　すっかり元気になったキキは、おソノさんからおつかいをたのまれました。コポリさんという人へのおとどけものです。近くなので、キキは歩いて向かうことにしました。坂を下って、路地をぬけると、目の前には青い海が広がります。

　気持ちよい海風に吹かれ、キキは思わず目を閉じました。すると、後ろから聞き覚えのある声がします。トンボがへいから身を乗り出しています。コポリというのは、トンボのことだったのです。

「ねえ、ちょっとよってかない？　見せたいもんがあるんだ」

　トンボがガレージを開けると、そこには大きなプロペラのついた自転車がおかれていました。

「こいつの完成を祝うパーティーだったんだよ。人力飛行機の機関部なんだ」

ペダルをこぐと **プロペラが回転！**

この夏休み中に飛ばすんだといきごむトンボを見ていると、なんだかキキまでワクワクしてくるようです。

「ねえ、海岸に行かない？　不時着した飛行船を見に行こうよ」

トンボの提案で、プロペラつき自転車で出発！　ふたりを乗せた自転車は、海岸ぞいを快調に走ります。カーブにさしかかったら、体を外にかたむけて曲がるのがコツ。**そーれーー！** トンボのかけ声に合わせて、キキはぐっと体をたおします。ぎゅいーーん！　ふたりの息はぴったりです。

「すごーい、最高〜！」

とトンボ。

何度めかのカーブを曲がると、飛行船が見えてきました。もうすぐ到着と思ったそのとき、前から猛スピードの車です！　あわや衝突というその瞬間、プロペラ自転車がぶわっと宙にうきました。

びっくりするふたりの前に、今度は大きなトラック！ 間一髪でよけた自転車はガードレールをこえて、空中へ……！

「うわぁぁぁぁ——！」

プロペラがはずれた自転車は、斜面に急降下。その斜面をかけ下るとガシャンと横だおしに。ふたりは投げ出されて、野原に転がりました。

「トンボ、だいじょうぶ？」

先に起き上がったキキは、トンボにかけよります。ぼんやりしたトンボの顔を見ると、アハハハハ！ キキはなぜだかおかしくてたまらなくなりました。こわかったけど、なんでこんなに楽しいのでしょう。ふたりはおなかをかかえてわらいころげました。

ロープでつながれて修理中の飛行船をながめながら、ふたりはすっかりうちとけたようすです。

「あたし、ちょっと自信をなくしてたの。でも、今日ここへ来てよかった。海を見て

ると元気になれそう」

　そこへ、車に乗ったトンボの友達が通りかかりました。キキの顔がみるみるくもっていきます。トンボはいっしょに飛行船の中を見に行こうとさそってくれますが、キキは「行かない、さよなら!」と言うなり、トンボの顔も見ずに歩きだしてしまいました。「なに怒ってるの?」ととまどうトンボに、キキはきっぱり。

　「怒ってなんかないわ。わたしは仕事があるの。**ついてこないで!**」

　人力飛行機に乗って、ふたりで走った道を、今度はひとりトボトボと歩くキキ。

　部屋にもどると、パタンとベッドにたおれこみました。

　ニャーオ。ジジがやってきました。

　「ジジ、わたしってどうかしてる。せっかく友達ができたのに、急ににくらしくなっちゃうの。すなおで明るいキキはどこかへ行っちゃったみたい……」

　落ちこむキキに、ジジはひとこともなくまどからするり。キキは目をぱちくり。なんだかジジらしくありません。

　「冷たいの……」

　ため息をついて、もう一度ベッドに顔をうずめるキキでした。

キキ特製
こんがりホットケーキ

スーパーで買ったホットケーキミックスを使って作る簡単ホットケーキ。
ソーセージとミニトマトもいっしょにいただきます。

屋根裏部屋の
小さなキッチンで

キキが住まわせてもらっている屋根裏部屋は小さなキッチンつき。いすを調理台がわりにして、工夫しています。

ふちがこんがり!
焼きたてに
バターをのせて

ふんわりふくらんだホットケーキ。グーチョキパン店のパン、牛乳とともに、キキとジジの夕ごはんです。

キキ特製 こんがり ホットケーキ

レベル

 （5枚分）

ホットケーキミックス・・・150g
卵・・・1個
牛乳・・・150ml
バター・・・10g
ソーセージ・・・2本
ミニトマト・・・適量
メープルシロップ、バター・・・好みの量

2 ホットケーキミックスを加えてさらにまぜる。

3 フライパンにバターをとかし、2に加えてまぜる。

1 ボウルに卵、牛乳を入れて泡立て器でよくまぜる。

4 3のフライパンを熱し、底をぬれぶきんに当てる（フッ素樹脂加工のフライパンなら必要なし）。

5 フライパンを弱めの中火にかけ、お玉で3の生地をまるく流す。

6 ふたをして1〜2分焼く。

7 表面がぷつぷつとしてきたら上下を返し、両面焼いて、皿に取り出す。

8 同じフライパンでソーセージも焼き、ミニトマトとともに添える。

きつね色に焼き上げるには…

フライパンに油を引かずに焼くと、生地がフライパンの底にピタッと均一にくっつき、焼きムラができません。油やバターを引くと、油分にあたった生地が浮き上がり、焼き色がつくところとつかないところができます。どちらもおいしそう！

飛べなくなったキキ

今日の食事も、ホットケーキ。キキがもくもくと食べていると、ジジが帰ってきました。最近のジジは、近所の白ねこに首ったけなのです。

「ジジ、いくらいいヒトができたからって、食事の時間は守ってほしいわ」

キキが小言を言っても、ジジは「ニャー」と鳴くばかり。「どうしちゃったのかしら。ジジの言葉がわからなくなっちゃったみたい…」。キキはハッとして、急いでほうきにまたがりました。

魔法が弱くなってる…?

心配したとおり、集中してもふわっと少しうき上がるぐらいで、すぐにどすんと落ちてしまいます。キキは外に飛び出しました。急な坂を走っては飛び上がり、走っては飛び上がり……。でも何度やっても飛べません。とうとうほうきが折れてしまいました。

よく朝、キキは飛べなくなってしまったことをおソノさんに打ち明けました。飛べなくては、おとどけものの仕事もできません。ほうきは新しく作れても、魔法の力はもどってくるのかどうか……。

　朝の空を、修理を終えた飛行船がゆったりと飛んでいきます。飛行船から手をふる人の姿がみえます。トンボ、でしょうか。

　その日の夕方、トンボが電話をかけてきました。飛行船のテスト飛行に乗せてもらったと大興奮のトンボ。でもキキは、話を聞く気分ではありません。「もう電話しないで」と、力なく受話器をおいてしまいました。

　だまって店を出ていくキキに、おソノさんが声をかけます。
「どうしたの、キキ。顔がまっさおよ」
「わたし、修業中の身なんです。魔法がなくなったら、**わたし、なんの取りえもなくなっちゃう……！**」

　そんなある日のこと。森で出会ったウルスラが、キキをたずねてやってきました。

　仕事の具合をたずねるウルスラにキキは「いまお休み中なの」と答え、魔法が弱くなっていることを伝えます。
「どうりで落ちこんでると思ったよ。魔法にもそんなことがあるんだね」

　キキの話を聞いたウルスラは、思いがけない提案をしました。
「ねえ、あたしの小屋にとまりにおいでよ。店の人にことわってさ」

　すぐに出発しようというウルスラのいきおいにおされて、キキはうなずきました。

　バスで町のはずれまでいくと、歩いて丘をこえて最後はヒッチハイク！　ウルスラの小屋に着くころには、キキの表情もずいぶん明るくなっていました。小屋のドアをあけると、ウルスラのかいた絵が目に飛びこんできました。

「キキに会ってね、この絵をかこうときめたの」。未完成の絵のためにキキをモデルにデッサンし始めるウルスラ。

「わたし、前は何も考えなくても飛べたの。**今はどうやって飛べたのか、わからなくなっちゃった……**」とキキ。

突然飛べなくなってなやむキキと同じように、ウルスラも絵がかけなくなってしまうことがあるのだといいます。

「そういうときはジタバタするしかないよ。かいて、かいて、かきまくる!」

力づよいウルスラの言葉に、キキは「でもやっぱり飛べなかったら?」とたずねます。

「かくのをやめる。散歩したり、景色を見たり、昼寝したり……何もしない。そのうちに急にかきたくなるんだよ」

本当でしょうか、キキもまた飛べるようになるのでしょうか。

その夜、寝袋に入ったウルスラと毛布にくるまったキキはいろんな話をしました。ウルスラが絵かきになろうと決めたときのこと。急にかけなくなってしまったときのこと。魔女は「血」で飛ぶのだといわれていること。

「わたし、**魔法って何か考え**

たこともなかったの。修業なんて古くさいしきたりだって思ってた……。今日あなたが来てくれて、とてもうれしかったの……。わたしひとりじゃ、ただジタバタしてただけだわ」

ウルスラの小屋からの帰り、キキはあのニシンのパイのおばあさんの家に立ちよりました。「また来て」とおソノさんに伝言があったのです。

部屋でテレビを見ながらキキを待っていたおばあさん。今日は、修理を終えて南極探検に旅立つ飛行船、自由のぼうけん号のニュースでもちきりです。

「バーサ、あれを」と声をかけると、お手伝いさんが白い箱を持ってきました。

開けてみると、中に入っていたのはつやつやとかがやくチョコレートケーキ。

「それをキキという人にとどけてほしいの。この前、とってもお世話になったから、そのお礼なのよ。ついでにその子のお誕生日を聞いてきてくれるとうれしいんだけど。またケーキを焼けるでしょう?」

とおばあさんはにこやかにわらいます。

キキは胸がいっぱい。うれしなみだをそっとぬぐうと、明るい表情で言いました。

「きっときっと、その子もおばさまのお誕生日を知りたがるわ。プレゼントを考える楽しみができるから!」

ふたりは顔を見合わせてわらい合いました。

おばあさんが作ってくれた
チョコレートケーキ

ふわふわのスポンジに
チョコレートクリームをはさんで、
チョコレートでコーティング。
空飛ぶキキのすがたをえがいたら、
おくりものにもぴったりの特別なケーキに。

思いがけないおくりものに感激

ほうきにまたがるキキに、ジジのすがたも！おばあさんからのおくりものに、キキはむねがいっぱい。美しいケーキをじっと見つめると、うれしなみだをぬぐいました。

レベル

 材料（直径18cmの丸型1台分）

● チョコレートケーキ
卵・・・3個
砂糖・・・80g
薄力粉・・・70g
純ココアパウダー・・・10g
チョコレート、バター（食塩不使用）
・・・各20g

● チョコレートクリーム
チョコレート・・・100g
生クリーム・・・100ml

● シロップ
A グラニュー糖・・・25g
水・・・50ml
レモン汁・・・小さじ1

● デコレーション
コーティング用
スイートチョコ・・・150g
チョコペン（白、緑、赤）
・・・適量

じゅんび ● 薄力粉とココアを合わせて、ふるう。チョコレートはすべて刻む。

1

フライパンに湯をはり、チョコレートとバターを入れたボウルを湯せんにかけてとかす。

2

別のボウルに卵を入れてほぐし、砂糖を加えてまぜ、湯せんにかけて人肌程度の温度にし、砂糖をとかす。

3

人肌程度に温まったら湯せんからはずし、泡立て器でもったりとするまでまぜる。泡立て器を持ち上げると、タラタラとリボン状にたれるくらいが目安。

4

ふるった薄力粉とココアを加えてまぜる。ボウルを回しながら、ゴムべらをボウルの側面にそわせるようにしてまぜる。

5

1を加えて全体を均一にまぜる。スポンジ生地のでき上がり。

6

オーブンシートをしいた丸型に5を流し入れ、一度トンと軽く落とし、空気を抜く。160度に予熱したオーブンで30分ほど焼き、焼けたらケーキクーラーにのせて冷ます。

7 キキの絵を紙にかき、オーブンシートを上にのせ、チョコペンでなぞる。冷蔵室に入れて冷やす。

8 チョコレートクリームとシロップを作る。ボウルにチョコレートと沸かした生クリームを加えまぜて溶かし、氷水にあてててとろみをつける。耐熱容器に A を入れ、ラップをかけて電子レンジで1分加熱してまぜ、冷ます。

9 スポンジを2枚にスライスし、1枚にシロップの半量をぬり、クリームをのせる。

10 もう1枚のスポンジを重ね、表面にシロップをぬる。

11 コーティング用スイートチョコを湯せんにかけてとかし、パレットナイフで表面と側面にぬる。

12 7のチョコレートを手で直接さわらないようにしてのせる。

キキ、大かつやく！

突然、テレビからさわがしい音が聞こえてきました。キキもおばあさんも、ドキッとしてテレビをふりかえります。

画面に映し出されたのは、風に流されていく飛行船。強い風がふいて、飛行船をつないでいたロープが切れてしまったようです。おおぜいの人が飛行船をつなぎとめようとロープを引っぱりますが、人間の力ではどうすることもできません。

「ああっ！　ダメです、すさまじいヘリウムガスの力で、どんどん上空に上っていきます！」とアナウンサーの声。テレビには**ロープにしがみついた少年**をぶらさげたまま、飛行船が空にうき上がっていく様子が映し出されています。キキは目を見開きました。**トンボです！**

キキはいてもたってもいられず、飛び出しました。

飛行船はさか立ちに近いくらいかたむいたままゆっくり風に流されていきます。キキは飛行船を追って全速力で走り続けました。

息をきらして立ち止まったキキは、目の前にいるおじいさんが持つ**デッキブラシ**に気がつきました。

「おじいさん、そのブラシをかしてください！」

キキはデッキブラシにまたがると、ぐっと気持ちを集中させます。人々のざわめきも、もうキキの耳には入りません。デッ

キブラシの毛がぶわっと広がります。キキのまわりに風がまき起こり始めました。

飛べっ……！

キキが小さく命令すると、デッキブラシはキキを乗せて大空へ。でもデッキブラシは上へ下へと、大あばれ。キキの思うとおりに飛んでくれません。屋根にげきとつし、アーケードを猛スピードで通りぬけて、また天高くまい上がります。

「まっすぐ飛びなさい、もやしちゃうわよ！」

ドスン！

トンボをつるした飛行船が、ついに時計塔にげきとつしました！　飛行船の頭が時計塔にめりこんでいきます。あながあいた飛行船からは一気にガスがもれ出しました。さかさになっていた機体はみるみるたおれ、建物に引っかかって止まりました。

「いた！　少年がいました！　きせきです、少年はまだぶら下がっています！　だが、いったいどうやって助ければよいのでしょう！」

アナウンサーがさけびます。そのとき、人々の目にトンボのもとへと向かうキキのすがたが飛びこんできました。

「ほうき……じゃない、デッキブラシに乗った魔女です！」

テレビの前のおソノさんやおばあさんたち、そして町じゅうのみんながキキを応援しています。

「トンボー！」

　ようやく飛行船にたどり着いたキキは、必死で手をのばします。それなのに、デッキブラシは言うことを聞きません。あちこちにフラフラとゆれて、あとちょっとのところでトンボに手がとどきません。

　ずるっ。ずるっ……！　かた手一本でロープにつかまっていたトンボはもう限界。ふっと力がゆるんでしまいました。

「うわああ───！」

　落ちていくトンボのさけび声に、人々が息を飲んだその瞬間！　キキはまっさかさまに急降下！　パッとトンボの手をつかんだの

た。肩にするっと上ると「にゃ～」と鳴くジジに、キキはそっとほほをよせるのでした。

キキはふるさとのお父さん、お母さんに手紙をかきました。
——お父さん、お母さん、お元気ですか。
わたしもジジもとても元気です。仕事のほうもなんとか軌道に乗って、少し自信がついたみたい。

落ちこむこともあるけれど、わたし、この町が好きです。

です。
キキがトンボを空中で受け止めました。
ふたりはゆっくりと空中をおりていき、救助用ハンモックにおり立ちました。
大かんせいとはくしゅに包まれるキキのもとへ、いつのまにかジジがやってきまし

子どもりょうり絵本
オリジナルレシピ

作るのも食べるのも楽しい、魔法のようなレシピをご紹介。
みんなの笑顔を思い浮かべながら作ってみましょう！

キキのお母さん、コキリが作る
魔法の薬をイメージした、甘ずっぱいドリンクです。
ブルーベリーのシロップは、
ヨーグルトやホットケーキにかけてもおいしい！

魔法の
ベリーソーダ

レベル

材料
（作りやすい分量）

冷凍ブルーベリー・・・100g
砂糖　　　50g
レモン汁・・・大さじ1
サイダー、アイスクリーム・・・各適量

1

なべにブルーベリー、砂糖、レモン汁を入れてまぜて火にかけ、まぜながら5分ほど煮る。

2

あら熱がとれたら、裏ごしする。

3

グラスにできたブルベーリーシロップ適量と氷を入れ、サイダーを注ぐ。好みでアイスクリームをのせる。

ブルーベリーのかわりに、同量のラズベリーやいちごでもOK!

魔女のリボンスナック

サクサク、ポリポリ！
甘じょっぱさがクセになるおつまみスナックです。
真っ赤なリボンは、魔女のあの子のトレードマーク。

材料（作りやすい分量）

リボン形マカロニ
（ファルファッレ）・・・20個
塩・・・少々
揚げ油・・・適量

● アイシング
粉糖・・・50g
レモン汁、水・・・各小さじ1
食用色素（赤）・・・少々

① なべに揚げ油を170度くらいに熱し、マカロニを入れてきつね色になるまで揚げる。

② あみですくって取り出し、油をきって塩を振る。

③ ふるった粉糖にレモン汁を加え、水を少しずつ加えながら、とろっとしたかたさにする。

④ 食用色素を少量の水でとき、3に加えてまぜる。

⑤ 2の表面にはけで4をぬり、乾かす。

黒ねこの
ロリポップケーキ

魔女の相棒といえば、やっぱり黒ねこ。
ひと口サイズのかわいいロリポップケーキは、
パーティーにもおすすめです。

材料（10個分）

スポンジケーキ（市販）・・・ 100g
ホワイトチョコレート・・・ 100g
牛乳・・・ 大さじ1
アーモンド・・・ 10個
コーティング用
　スイートチョコ・・・ 100g
チョコペン
　（黒、白、ピンク）・・・ 各適量

3 10等分して丸め、スティックをさし、たて半分に切ったアーモンドを耳のようにさす。ラップをかけて、冷蔵室で冷やす。

1 ホワイトチョコレートは刻んでボウルに入れ、湯せんにかけてとかす。

4 コーティング用チョコレートを刻み、湯せんにかけてとかす。3をくぐらせ、冷蔵室で固まるまで冷やす。

2 スポンジケーキをちぎって加え、牛乳も加えてよくまぜる。

5 チョコペンで顔をかく。

屋根裏部屋の
オープンサンド

キキとジジが住む、グーチョキパン店の屋根裏部屋をイメージ。
キキがホットケーキにそえていたソーセージやミニトマトをのせた、
目にも楽しいオープンサンドです。
グーチョキパン店の山型食パン（10 〜 14 ページ）で作るのもおすすめ！

レベル 🎀🎀🎀🎀

材料
（4個分）

食パン（6枚切り）		4枚
バター	20g	
ソーセージ		4本
ゆで卵	1個	
ミニトマト		4個
ブーケレタス		適量
マヨネーズ		適量

1 食パンは包丁で家の形に切る。

2 バターをぬる。

3 焼いたソーセージ、スライスしたゆで卵、半分に切ったミニトマト、ちぎったレタスなどをのせ、好みでマヨネーズをかける。

レベル

 （4個分）

ブラッドオレンジジュース	300ml
牛乳	300ml
粉ゼラチン	2袋（1袋5g）
砂糖	大さじ5

トンボの
しましまゼリー

2種類のゼリーを重ねて、ボーダー柄に仕上げます。
オレンジの甘ずっぱさと
ミルクのまろやかさが絶妙にマッチ！

1 なべにオレンジジュース、砂糖大さじ2を入れて沸かす。

2 火を止めてから、ゼラチン1袋を加え、よくまぜてとかし、あら熱をとる。

3 別のなべに牛乳と砂糖大さじ3を入れて沸かし、火を止めてからゼラチン1袋を加えてとかし、あら熱をとる。

4 グラスに3を高さ2cmほど入れ、冷蔵室に入れて固まったら2を入れる。これを2回くり返す。

5 冷蔵室で冷やし固める。

『魔女の宅急便』

原作　角野栄子

脚本・監督・プロデューサー　宮﨑 駿

ⓒ 1989 角野栄子・Studio Ghibli・N

子どもりょうり絵本
ジブリの食卓 魔女の宅急便

2024年4月20日　第1刷発行

監修　スタジオジブリ
編者　主婦の友社

発行者　平野健一
発行所　株式会社主婦の友社
　　　　〒141-0021 東京都品川区上大崎 3-1-1
　　　　目黒セントラルスクエア
　　　　電話 03-5280-7537（内容・不良品等のお問い合わせ）
　　　　　　 049-259-1236（販売）
印刷所　図書印刷株式会社

ⓒSHUFUNOTOMO CO., LTD. 2024 Printed in Japan
ISBN978-4-07-456616-7

料理／祐成二葉

料理家、フードコーディネーター。ドイツ国立マイスター校卒業。5年間のヨーロッパ留学を経て、1988年「祐成陽子クッキングアートセミナー」のメイン講師に就任。フードコーディネーターや料理家を育成し、現在活躍する多くの人気料理家を輩出。また、プロ向けの本から初心者向けの本まで数多く手掛け、出版、広告、TV等はもちろん、イベントや食育の講習会、親子で通える料理教室など、活躍の場を広げている。

本文デザイン・装丁／今井悦子（MET）
調理アシスタント／高沢紀子
料理撮影／鈴木泰介
スタイリング／坂上嘉代
イラスト（p.20、21）／まいのおやつ
構成・文／浦上藍子
編集担当／市川陽子（主婦の友社）